CONTOS ARREPIANTES PARA OUVIR À NOITE

First edition. January 29, 2024.

Copyright © 2024 Varios Escritores-.

ISBN: 979-8224156634

Written by Varios Escritores-.

Sumário

Contos Arrepiantes para Ouvir à Noite

Varios Escritores

Varios Escritores

A Rota

Suspense e Terror em Português

Roger Daevison

"O medo pode nos manter acordados a noite toda, mas o que realmente nos assusta é quando o deixamos entrar em nossos sonhos." — **R.L. Stine, "Pesadelos e Alucinações"**

Prefácio

Naquilo que parecia ser um simples trajeto de volta à casa de sua infância nas montanhas, para Jacob Mert torna-se uma situação de pesadelo. Um thriller arrepiante que fará você sentir-se dentro dele.

Conteúdo

Capítulo 1

Estou com muito medo, estou tremendo... Realmente sinto muito, muito medo. Nunca tive tanto medo em minha vida, e olha que eu era um valentão consolidado e corajoso nos meus dias de faculdade, e olha para mim agora! Estou tremendo, implorando aos deuses que venham em meu socorro. Por favor! Quem estiver lá em cima, venha me resgatar. Como é possível que isso esteja acontecendo? Quero pensar que é um maldito sonho. Eu sempre via assassinatos e essas coisas nas notícias, mas normalmente isso não afeta quando você está em segurança. E esses dados, mesmo sendo duros e cruéis, não te afetam além da impressão inicial. Mas quando você está vivenciando essa sensação de desespero, tudo muda. Essa experiência em carne viva é terrível, muito terrível.

Agora estou exatamente assim, perdido. Não sei onde estou, mas digamos que estou no meio de uma comarca nas montanhas. Isolado. Estão me caçando. Praticamente não tenho opção de saída por nenhum lado. Não há forma de fugir, não conheço o território. Nem mesmo sabia que existiam estas montanhas no mapa. Supostamente, agora tudo está mapeado via GPS por satélite, mas isso não aparecia no mapa. Preferiria estar morto neste momento do que estar suportando o prelúdio de uma morte aterrorizante anunciada. Apenas você contra o mundo.

Devo mencionar que estava indo para a antiga casa de minha mãe, minha casa de infância. Esta casa fica em um condado que geralmente apresenta terreno montanhoso e paisagens incríveis. Estava dirigindo meu Sedan 1985 em um dia comum por aquela estrada, que quando era mais jovem, conhecia facilmente. Da cidade de onde eu era até aquela vila com 25 casas nas montanhas, eram pelo menos umas quatro horas de viagem, mas era bastante agradável, ouvindo algumas músicas clássicas dos Beatles. Essa casa estava abandonada, mas conforme minha irmã que tinha ido no ano passado me disse, a localidade de 20 casas, na maioria, já estava desabitada e deteriorada. E apenas uma casa ainda permanecia de pé, a casa de um senhor chamado Robert, que era a única habitada em toda a região, somando ao fato de que o idoso já tinha mais de 80 anos.

Eu acabara de voltar da Austrália após 10 anos morando lá, e estava recém-divorciado, tentando recomeçar minha vida, e o que melhor do que afastar-me da cidade, livre naquela comarca cheia de árvores e ar fresco. Honestamente, estava bastante cansado da vida agitada na cidade, depois de ter vivido de maneira diferente na Austrália e ter trabalhado em uma grande firma de advocacia. Certamente, estava enjoado de tudo isso.

O fato é que eu estava dirigindo meu carro, quando de repente comecei a sentir que o caminho que sempre conheci estava mudando levemente, e quando pensei que era apenas a percepção do tempo e das mudanças ao longo dos anos em que não estive, percebi que não era uma pareidolia mental, mas sim que aquela estrada em que eu estava não era a estrada de Romit que eu conhecia. Aquela estrada era outro lugar. E então, não sei por que, mas meu medo disparou de repente, e imediatamente parei por um segundo para ver o que estava acontecendo. Ao olhar pelo retrovisor ao longe, percebi uma estrada sinuosa de dezenas de quilômetros que não havia notado, e aos lados campos intermináveis de milho e outros cultivos de folhagem alta. Ao longe, grandes montanhas verdes. Claramente, aquilo não era Romi Hill; era outro lugar.

Imediatamente tentei me guiar pelo GPS, mas falhou totalmente. E, que dizer de uma ligação telefônica? Pela experiência e perícia, sabia que nesses lugares geralmente os GPS e os celulares falhavam, então eu vinha preparado; tinha um mapa daquela área, mas minha surpresa foi maior quando, no maldito mapa, esse lugar não apareceu.

Quis pensar que era um erro dos malditos geógrafos ou sei lá quem faz esses mapas, mas xinguei algumas vezes a marca que vendia esses mapas de má qualidade. O fato é que não sei como tinha chegado lá, mas me disse que tudo era um erro, e eu provavelmente tinha pegado o caminho errado quando saí da estrada interestadual. "Maldição", disse a mim mesmo. "Você terá que arranjar uma namorada daqui se não quiser ficar perdendo o caminho", adicionei naquele momento entre risos nervosos. Não se passaram nem 60 segundos quando a buzina de uma van de 1930 passou por mim, e dentro dela podiam ser vistos dois sujeitos elegantemente vestidos dos anos 30 que me lançaram um olhar rápido. Pensei que esses caras estavam gravando algum vídeo para se vestirem daquela maneira. Não dei muita atenção, exceto que a placa traseira não condizia com as placas modernas do estado do Texas, então presumi que se tratava de um carro colecionável, e acelerei novamente.

A única razão pela qual não dei meia-volta naquele momento foi que estava morrendo de fome. Nesse momento, já tinha dirigido por mais de uma hora, e voltar significaria que levaria mais duas horas antes de comer um lanche. Foi a razão pela qual continuei, sem imaginar o que viria. Claramente, estava perdido, mas não ia perder a oportunidade de aproveitar um lanche desses lugares, pensei.

Acelerei o Sedan e ultrapassei rapidamente a van de 1950, que imediatamente, pelo retrovisor, vi que de repente virava para uma estreita estrada de terra. Então, parei um pouco, porque percebi que estavam parando o carro a cerca de 10 metros de terem iniciado para dentro, e de repente percebi que estavam descendo algo da parte de trás. Como a estrada era reta, apesar de ter diminuído a velocidade, pude perceber que estavam retirando uma pessoa entre os dois sujeitos. Aquilo me pareceu estranho, foi quando comecei a sentir inquietação mais do que medo. Não dei muita atenção. Pensei que tinha me enganado ou visto algo como uma silhueta, mas de qualquer modo, aquilo não parou de dar voltas na minha cabeça. Passaram uns dez minutos, e eu estava impaciente por não ver nenhuma placa indicando em que região ou lugar estava. Algo estranho que também me chamou a atenção foi que não se viam carros comuns em qualquer estrada interestadual, apesar de transitarem menos, mas eu já teria visto um.

Estava um pouco impaciente, aquela cena da van naquela estrada de terra continuava rodando na minha mente. Depois de uns 30 minutos sem ver nenhuma placa em toda a estrada e sem ver nenhum posto à beira da estrada ou alguma cidade, tive vontade de fazer xixi, mas tinha medo de descer pelo menos rapidamente, pois havia a inquietação de que "aquilo não era normal, não era seguro estar ali". Uma vocecinha interna me dizia uma e outra vez: "vai embora, vai embora, Jacob, saia daqui, você está em perigo, vamos". Vocês sabem, o subconsciente. Quando algo não está indo conforme o planejado. E é que todo o cenário em direção ao horizonte era igual, uma estrada serpenteante interminável que não tinha fim, e dos lados esses campos intermináveis e perturbadores de milho e plantações perfeitamente alinhadas sem nenhuma pessoa trabalhando.

Peguei uma garrafa que tinha metade de água, bebi o resto rapidamente e sem hesitar, enquanto mantinha a velocidade, introduzi meu pênis flácido que mal consegui encaixar e entre acelerações, após um minuto, consegui esvaziar a bexiga. Depois de terminar, joguei pela janela. E foi exatamente nesse momento que eu disse: "chega, é hora de voltar." Não sei como tinha dirigido tanto tempo uma hora dentro daquele lugar ou que eu não conhecia. E então o medo começou a me envolver. Naquele momento, já eram quatro da tarde, e pela experiência, sabia que escurecia por volta das 6:30 ou 7. Então, deduzindo e fazendo cálculos, a gasolina que tinha mal daria teoricamente para chegar ao ponto de Romit, onde inicialmente peguei a estrada interestadual, e havia um posto de gasolina, se eu acertasse realmente.

Virei imediatamente e comecei a acelerar. Não estava gostando nada daquela situação. Naquele momento, estava me amaldiçoando interiormente: "Por que fiz isso?" Como se algo me tivesse hipnotizado por alguns momentos, levando-me a tomar essa decisão, uma decisão estranhamente incorreta, algo que em nenhuma circunstância na Austrália eu teria feito. A regra de ouro de todo advogado é: "nunca faça algo que possa prejudicar você mais tarde", uma regra que sempre usava em julgamentos ou casos que tinha, e é por isso que nunca me envolvi com tipos perigosos, porque sempre escolhia o cliente. Não gostava de me envolver com tipos difíceis.

De volta, uma vez que realmente havia confirmado que não conhecia aquela área, desliguei o rádio. Naquele momento, não queria nenhuma distração. Sabia que, independentemente de ter visto errado ou não, ou se tinha sido uma pareidolia produto da minha excitação, sabia que aquele lugar era totalmente desconhecido para mim, e o mais estranho é que durante meia hora não avistei nenhum carro, como se todo mundo tivesse sido engolido pela terra. Felizmente, estava com um revólver de 7 balas calibre .38 de 1945, que costumava trazer quando estava em Romit. Meu avô, um ex-marine da Segunda Guerra Mundial, me deu isso como presente. Apesar de ser algo antigo, era bastante confiável. Pelo menos tinha essa arma comigo, no entanto, não sentia a segurança de estar em um lugar seguro.

Passada a hora desde que dei meia-volta e não encontrei nenhuma anomalia durante o percurso, meus pelos literalmente se arrepiaram, e o terror dentro de mim disparou como se fosse uma explosão de pólvora. A cerca de 50 metros de mim, uma barreira de pelo menos quatro troncos de árvores bloqueava a estrada. Aquela cena me tirou totalmente da minha realidade. Como era possível que quatro enormes troncos de árvores, que nem sequer se deram ao trabalho de tê-los aparados completamente, estavam recém-cortados e de um tamanho considerável, tornando impossível passar de carro por ali e, mais ainda, nem mesmo movê-los. O clima estava perfeito, não havia nenhum sinal de que aquelas árvores estivessem ali por uma chuva ou tempestade que as tivesse colocado lá. Era evidente que por trás daquela ação havia mentes inteligentes. Parei o carro bruscamente; obviamente, não havia forma de manobrar naquela área, já que os postes da cerca dos grandes campos estavam rentes à estrada, e era impossível esquivá-los. Olhei rapidamente para o indicador de gasolina, e o medo aumentava dentro de mim. Não tinha a mínima ideia de quem havia deixado aqueles troncos ali de propósito. Por que uma hora antes eu havia passado por ali sem nenhum problema.

A cabeça dava voltas e voltas. Minha respiração acelerava cada vez mais pelo medo de estar sendo observado de algum lugar, ou talvez fosse minha paranoia. Diante daquele cenário desolador, tomei a amarga e difícil decisão de voltar até onde conseguisse. Aquela gasolina que tinha calculava que duraria pelo menos mais duas horas, uma hora além do ponto em que me virei. Nesse ponto, eram cerca de 5 da tarde. Sabia que aquilo estava se tornando muito perturbador em minha mente paranóica, além de se fosse real ou apenas minha mente me pregando uma peça, manobrei o carro e retornei a uma velocidade um pouco mais alta do que vinha.

Não tinha a mínima ideia de quem ou o que estava causando aquilo, sentia-me pouco a pouco como uma presa encurralada. Abri o porta-luvas e peguei o revólver, retirei imediatamente o seguro e o coloquei ao lado da caixa de câmbio, pronto para qualquer anomalia que representasse perigo. Não hesitaria em explodir os miolos de quem fosse. O sol tinha se posto, e não ter uma explicação lógica para aquele lugar fazia meu medo aumentar a cada quilômetro que avançava. "Cometi um erro grave, Jacob, por que fiz isso?" me disse uma e outra vez. E é que não era um homem temerário, mas tudo isso estava saindo do controle em minha mente. Justo quando pensava isso, a cerca de 250 metros daquela enorme e longa estrada, avistei a van que mencionei inicialmente a uma velocidade um pouco mais alta. No início, isso me deu alguma alegria, mas depois os nervos em meu estômago se dispararam. Perguntava-me: de onde diabos saiu essa van se não havia nenhuma desvio em todo o caminho onde tinha dirigido antes de chegar às árvores? Isso me deu um pressentimento ruim. Temendo que ela me alcançasse, pisei fundo, não importava para onde aquele caminho me levasse, eu arriscaria. Pouco a pouco, fui deixando o carro para trás até perdê-lo completamente. Continuei a essa velocidade sem parar, não podia confiar em ninguém, e muito menos em uma área que parecia tirada de um conto estranho de horror. Havia momentos em que parecia que não estava avançando, porque os campos eram todos parecidos, parecia que aquilo estava parado no tempo.

E então aconteceu aquilo. Depois de uma hora de ter deixado a van para trás, no meio da estrada apareceram dois sujeitos de cerca de dois metros, vestidos em trapos. Ainda tenho essa imagem em minha mente, uma imagem que me faz tremer. Um deles tinha cabelos longos até os ombros e segurava um arco de flecha. O outro carregava um machado enferrujado, mas de grandes dimensões. Eles estavam a menos de 70 metros de distância quando os vi.

Obviamente, diante do perigo, não iria parar. E então acelerei... O sujeito com o arco cravou seus olhos assustadores e vazios em mim e, em seguida, disparou. Fiz uma manobra ágil, e a flecha passou ao lado da minha cabeça pelo retrovisor. O outro sujeito levantava o machado quando consegui evitá-lo por pouco. A adrenalina fez com que tudo acontecesse de repente, sem sentir sequer uma pequena dor, até que, alguns metros depois, não consegui manobrar e perdi o controle do carro. Calculo que foram uns 50 ou 60 metros até eu atingir o sujeito e bater na cerca.

Por sorte, não fiquei ferido. Como pude, saí apressadamente do carro destruído de um lado, depois de bater em um grande poste de um dos suportes daquela cerca. Sem fazer um plano, imediatamente me introduzi naquele campo de milho e comecei a correr rapidamente entre suas fileiras. Nem mesmo tive tempo de pensar no que estava acontecendo. Agradeço por ter aceitado aquele presente do meu avô, porque naquele momento estava com meu revólver, o que me proporcionava uma segurança extra que não teria caso não o tivesse levado. No entanto, dentro do meu coração, parecia que estava correndo em círculos, e eu me sentia indefeso. Costumava me beliscar enquanto avançava por aquelas fileiras que pareciam um maldito labirinto; tudo parecia igual, pensava que estava em um sonho. "Acorde, Jacob", eu me dizia. Mas nada acontecia. Não conseguia sair desse pesadelo. Infelizmente, era real.

Não faço ideia que horas são, mas poderia calcular que são por volta das 7, 7:30. O sol já deveria ter se posto há algum tempo. Mas não. Não entendo por que continua do mesmo jeito. Isso é completamente anormal. Sinto que estou ficando louco.

Tempo depois

Já se passaram cerca de duas ou três horas desde que esses dois homens surgiram na estrada. E já deveria ter escurecido, mas continua completamente igual. Neste momento, estou em um pequeno declive atrás de alguns arbustos, mas ainda não consigo ver onde estou. Apenas vejo intermináveis montanhas verdes e campos por toda parte. Estou com bastante fome.

Meu Deus! Não pode ser que isso esteja acontecendo. Por que comigo? Duvido que seja uma maldita vingança de algum cliente insatisfeito ou algum rival do tribunal. Neste momento, estou gravando áudio, pois não tenho carga suficiente para gravar vídeo. Estou gravando isso como um testemunho no caso de eu não conseguir sair vivo deste lugar. Digo, caso alguém o encontre.

Estou vendo ao longe, de onde estou, umas três dúzias de homens de tamanho considerável e vestindo roupas muito estranhas. Sem dúvida, estão me procurando entre as fileiras de milho. Estou com muito medo. Estou gravando isso para que haja um registro do que aconteceu comigo. Tenho uma teoria, embora não saiba se é verdade, mas é uma teoria um tanto sinistra. Supostamente, eu conhecia toda essa região quando era criança, mas toda essa nova área acredito que sejam loops temporais, esses erros da realidade que se abrem. Entrei em uma área desconhecida no espaço-tempo, porque não consigo entender onde diabos estou.

Não pode ser, estão se aproximando, ouço cachorros... Minhas mãos estão tremendo, mal consigo segurar o revólver, mas sem dúvida vou atirar. Oh não! (Sussurrei) Eles estão aqui atrás de mim, ouço os cachorros se aproximando por trás de mim, e não posso me virar porque se o fizer, talvez me encontrem mais rápido. Minha respiração está completamente acelerada, mas parece que não entra ar nos meus pulmões, pois sinto um sufocamento... ahhh ahhh. Ahhhh. (Gritos).

Muito obrigado

O Livro Mais Amaldiçoado

Aquele que o lê jamais volta a ser o mesmo
- Afunde-se no Horror Cósmico

Jarbet Akhar

14

Prefácio

Nas crônicas da história esquecida, oculto entre os vincos do tempo e do mistério, repousa um livro que tem sido procurado por gerações de curiosos e intrépidos. O mais amaldiçoado dos livros de Abdul, uma obra lendária de magia e horror, tem sido uma fonte inesgotável de fascinação e terror por séculos. Ao longo dos anos, tornou-se o Santo Graal literário para aqueles que buscam os segredos mais obscuros do conhecimento oculto.

Esta edição em espanhol do Mais Amaldiçoado dos Livros é um marco na revelação de um dos textos mais enigmáticos já escritos. As páginas que você está prestes a abrir conduzirão você a uma jornada inquietante pela mente e obsessões de um autor condenado pela história. Abdul, conhecido como o "louco de Arba", ousou explorar as profundezas da magia negra e da loucura cósmica. Seu legado, retratado nessas páginas, é uma mistura única de terror, mito e sabedoria proibida.

Conteúd

Capítulo 1

Tenho passado muito tempo neste lugar e, sinceramente, não saberia dizer a que horas e data estamos. Sou Abdul Alhazred e estou escrevendo estas linhas porque realmente não sei se sairei deste maldito deserto de Ruval Javil. Ah! (lamento) Quando vim da Pérsia, vim em busca de segredos neste deserto infame.

Sempre viajei para lugares que representassem algum conhecimento, fontes obscuras, mas este lugar tem sido demais para mim. E olha que sou um mago e feiticeiro consagrado, mas isso vai além de mim... de minhas capacidades. O que encontrei nessas ruínas desconhecidas de sei lá que origem... Estou tremendo. Não se supõe que o grande mago Abdul Alhazred pudesse lidar facilmente com isso. Mas não. Isso foi demais para minha alma. Eu gostaria de sair daqui, mas eu mesmo me enredei nisso. Isso é terrível. Nunca imaginei que existissem entidades assim. Seres com poderes inenarráveis. Eu acreditava em feitiços mágicos e nessas coisas antes porque já tinha experimentado tudo isso ao redor das terras distantes. Lá em minha bela comarca de Hardila.

Quando decidi empreender, era verão de 760 D.C. Agora me encontro não sei como. Sinto que as forças me abandonam. Não sei se é o terror indescritível que li lá dentro. Naquele maldito livro que deixei lá embaixo nos túneis escuros daquelas ruínas. Não sei, é algo que vi lá embaixo, não sei o que é, mas é uma abominação.

Ouço ruídos, passos que se aproximam... Devo dizer que estou em cima de uma colina agora mesmo. Uma colina de pedra. De onde se vê uma parte deste maldito vale desolado. Sobre o alto de um montículo rodeado de colinas intermináveis, zonas montanhosas sem fim. Ao que parece, perdi o caminho. Perdi o caminho de como voltar. Não tenho opção. A água acabou, os alimentos acabaram, e tenho apenas esta droga que me mantém são, esta flor escura, sem ela eu já teria parecido.

Preciso sair daqui, diz minha mente, mas não sei como... Já lancei alguns feitiços, fiz algumas coisas. Ah! (lamento). Gostaria de estar na Pérsia agora mesmo, mas isso não é possível mais. Devo dizer que li apenas uma página completa desse maldito livro, e o que li foi o próprio horror. A loucura manifestada. Isso foi horrível.

Ao lembrar apenas das duas primeiras linhas, meu coração acelera de maneira indescritível e eu acabo ensopado de suor, mesmo sem o meu turbante sobre a cabeça. Esta noite é gelada, penetrando até os ossos, mas eu não quero voltar para esse livro; fiquei na quinta linha da segunda página. No entanto, há algo em minha mente que incita a retornar lá embaixo e lê-lo por completo.

Sou um feiticeiro, e bem sabem que, se fosse algo normal, um livro mágico negro ou algo assim, com certeza o teria pego e teria saído de lá com tudo isso. Mas o que encontrei é algo diferente, emana uma energia além do meu entendimento. Na capa feita de couro antigo com uma data imprevisível. Mas é mais antigo que as próprias montanhas. Pelo menos, dá essa sensação à vista.

Quero dizer que esses sinais arcaicos e diabólicos, que são percebidos blasfemamente nas laterais das páginas e essas figuras arcaicas, fizeram com que eu parasse de prosseguir. Se ao menos nas primeiras quatro linhas eu li algo que nem quero mencionar novamente. Mas no fundo da minha alma, há algo que me incita, que me diz: "vai, continua lendo". De acordo com as línguas aprendidas na juventude, como o caldeu, persa e outros idiomas mais, essa língua é uma mistura desconhecida, mas consegui entender. Não sei por quê. Talvez seja por causa do sumério original que meu mestre Arbajú me ensinou desde jovem.

Embora eu não tenha ideia de quem diabos escreveu essa coisa infame que tinha sangue seco. Acredito que seja sangue. Ainda me lembro... porque a tinta vermelha não tem aqueles tons característicos, e consigo reconhecê-la à primeira vista. Estou com sede. Eu sei que esse livro esconde segredos infames. Essa coisa é a vida e a morte ao mesmo tempo. Se eu conseguir sair daqui..., eu vou voltar? - pergunto a mim mesmo. Não, não... não vou sair sem esse livro, tenho certeza. A única maneira de sair é voltar lá embaixo, embora isso talvez represente minha morte. Mas, mas não posso sair daqui deste lugar desolado onde sons são ouvidos e talvez matilhas de lobos estejam me esperando lá embaixo. Meus feitiços não são suficientes para deter essas coisas ou entidades. Por isso, preciso...

Perdi a noção do tempo neste lugar. Não sei se passaram semanas, anos ou meses ou sei lá o quê. Nem nos meus pensamentos mais loucos imaginaria isso que encontrei lá embaixo nas ruínas desse palácio antiquíssimo. E é enorme. Vou contar um pouco do que passei lá:

"Só sabia que cheguei em um dia do mês de Herquishu, um dia de arqueio do mês lunar. Era verão frio, mas era um dia muito bom para explorar. Cheguei eu e meu discípulo das artes obscuras, Arkiu. Conhecia esse lugar por um mapa que tinha comprado acidentalmente por curiosidade de um velho chamado Farlu do leste da Síria, uma província afastada, nos arredores. Segundo o relato dele, foi encontrado ao norte da Babilônia, no deserto de Arlissa ou Rubal. Esse mapa era antiquíssimo, sem dúvida. Até mesmo Arkiu, meu discípulo, ficou estupefato."

Apesar de ter passado centenas de anos vagando pelo mundo, experimentando diferentes conhecimentos proibidos - esquecidos, no final, acredito que estou perto do meu fim. Conhecimentos mágicos não me ajudarão a prolongar minha vida. A verdade foi longa demais, mas sobre esse poder, não tenho controle. Experimentei algumas coisas em meu amplo repertório, mas nada afasta essa sensação, nada afasta o que se aproxima de mim na escuridão insondável. Algo está se aproximando cada vez mais, e não sei o que é. E fazem com que meus medos surjam do mais profundo do meu coração.

Tenho uma intuição. Quando encontramos o local desta área no mapa, digo, se ainda me lembro desta área, porque aparentemente tudo mudou. Como quando Arkiu e eu chegamos. Não se parece mais em nada. Parece que todas as cordilheiras e áreas montanhosas mudaram completamente. Só me lembro disso, mas aquela área arborizada não estava lá, tudo é caótico agora. Por isso, é impossível para mim sair. Por quê? Porque realmente não conheço esta área. É por isso que uma parte da minha mente diz que se passaram milhares de anos, mas não sei como. Não encontro uma explicação. Parece que ele próprio envelheceu.

Viemos muito contentes. Aquele velho de rugas exageradamente pronunciadas que me vendeu esse mapa. Quando tentei contatá-lo com uma pergunta. Já não o encontrei naquela loja de antiguidades naquela província da Pérsia, no leste da Síria. Depois de perguntar, disseram-me que nunca houve um velho naquela área, nada. Não sei se foi uma ilusão, mas o mapa estava em minhas mãos e agora, finalmente nos aventuramos sem saber realmente se era verdade... mas a história que esse velho nos contou. Ou pelo menos essa pequena história, uma pequena isca para que nos aventurássemos em terras distantes, era o que minha curiosidade precisava, segundo dizia. E chegamos depois de uma longa jornada exaustiva. Montanhas, vales, encostas e picos tivemos que cruzar para finalmente chegar à área onde, de acordo com aquele velho, havia algo que mudaria minha perspectiva para sempre. Segundo ele, eu conheceria a verdade das coisas e todo o meu mundo desmoronaria quando eu percebesse o que estava lá nas ruínas. Mas, após dias desanimadores de busca, conseguimos encontrar a entrada desse lugar maldito enterrado em algum lugar nas areias do infame deserto perdido de Rubal Jali.

Inicialmente, tentamos procurar como em todo palácio em ruínas, na superfície, mas não. Encontramos silenciosamente debaixo da própria terra das areias deste maldito deserto de Rubal Jali, um deserto de consternações, demônios e sons sinistros. E esse silêncio insondável que faz com que seus pensamentos e sons se voltem contra você. Naquele buraco de 3 metros por dois, estava a entrada um pouco inclinada, mas o suficiente para não cair no fundo. Havia alguns degraus para se apoiar e, de repente, havia terra e pedras destruídas pelo tempo, onde podíamos nos segurar e descer. O fato é que era composto por dezenas de corredores e seções como um quebra-cabeça labiríntico. Aquele palácio parecia ter sido abandonado há milhares e milhares de anos. Pelo menos, essa foi minha primeira impressão.

Abandonado por sei lá o quê. Era uma construção diferente de tudo que eu conhecia. Estava dividido por diferentes níveis, tinha escadas estranhas e passagens, assim como quartos. Arkiu ficou surpreso assim como eu, tudo era tão estranho.

Depois de acender algumas tochas no segundo nível, depois de algum tempo, parei. Havia alguns sinais estranhos que eu nunca tinha visto e uma linguagem desconhecida para mim. Digo desconhecida porque, apesar de falar sete línguas antigas, não reconhecia essa língua tão estranha, ou pelo menos deduzir de onde vinha. Na parte inferior, havia um ser estranho, sentado em uma cadeira. E aparentemente era venerado por indivíduos de acordo com os hieróglifos ou o que se assemelhava a um hieróglifo muito diferente do cuneiforme. Aquelas representações eram de um deus e seus súditos. No meio deles estava o principal adorando-o. Mas sobre a ponta de uma lança, havia como um bebê de braços dados como sacrifício a esse ser tão aterrorizante.

Justo nesse momento, Arkiu ficou muito nervoso. Eu não entendia por quê. Depois, momentos depois, comecei a sentir algo também, como se aquela imagem ou aquela cena nos tivesse despertado de nossa realidade. Como se estivesse dizendo: "cuidado, há algo aqui". Lancei vários feitiços e encantamentos, despertando a consciência para a proteção de nossa aura. E então continuamos descendo, sem saber o que encontraríamos.

Durante vários níveis, não havia nada para nos alegrar, apenas ruínas e paredes desmoronadas apoiadas na própria rocha. Sabíamos que aquilo não desabaria porque estava apoiado entre grandes rochas, então continuamos descendo. Na verdade, naquele momento, mesmo que não encontrássemos mais nada, eu já estava satisfeito por ter encontrado aquela cena no terceiro nível. Isso indicava uma construção de alguma civilização perdida, totalmente desconhecida para mim. Mas o que aquele velho me disse, que eu encontraria algo que mudaria minha percepção de tudo, eu não entendia. O conhecimento é importante e eu não ia parar por causa disso, uma parte de mim dizia. "O grande Abdul não será detido por essa representação inquietante na parede, mesmo que esteja apertando meu coração".

Depois de horas intermitentes, paramos para ver algo novo. Arkiu e eu ao fundo, quase naquele palácio infame, um longo corredor escuro que se estendia até o horizonte de ponta a ponta. De onde estávamos, depois de descer uns dez degraus inclinados.

Estávamos na base daquelas escadas, cada um com duas pequenas tochas na mão, olhando para onde o corredor levava a outro corredor, e virava aparentemente para outro. Provavelmente era outro corredor que levava a outro e a outro. Arkiu imediatamente se apressou a correr, mas eu tentei detê-lo com um "espere, Arkiu". Mas ele não me deu ouvidos. Avançou com a tocha como se estivesse indo atrás de sua donzela. Virou naquela esquina e avançou. Como se estivesse possuído por algo, embora essa possessão fosse simplesmente da curiosidade inata. Para a aventura e para encontrar coisas.

Naquele momento, as duas tochas que eu segurava começaram a tilintar. Algo inaudito estava acontecendo. Meu coração deu um salto, as batidas começaram a se acelerar ao ponto de eu sentir que ele ia pular para fora do peito. Eu disse a mim mesmo: "maldição, Arkiu, por que você está fazendo isso?". Peguei um punhado de poeira de Arbalat que trazia em minha bolsa pendurada no peito e joguei alguns grãos, e a poeira iluminou a área à frente e aos lados de mim por pelo menos alguns segundos. Além disso, teoricamente, afastaria qualquer coisa que estivesse próxima ou se aproximasse. Acelerei o passo com a intenção de alcançar meu discípulo renegado. Girei naquele mesmo corredor onde Arkiu havia virado segundos antes.

O outro corredor que seguia estava igualmente escuro e bastante longo. Não havia mais sinais de Arkiu naquele momento, então não quis gritar porque o eco naquela área era horrível. Mas totalmente horrível. Ressonava em você. Era como se um milhão de demônios gritassem e se lançassem sobre você. E fazia seu coração se apertar. Quis voltar naquele momento. Algo dentro de mim dizia: "vamos Abdul, volte, volte". Mas não obedeci à minha consciência.

Terminei como pude aquele corredor escorregadio, sem dúvida aquele palácio era antiquíssimo. E aquela área tinha uma decoração diferente de todas, no mínimo aquela área. Naquele momento, terminando o último trecho, virei à última esquina, onde parecia haver uma pequena abertura do tamanho de meio homem, apenas para uma pessoa pequena. Arkiu era menor que eu, talvez medisse 1,55 metros, era pequeno. E não é que eu fosse tão alto.

Conforme me aproximava, sabia que podia passar por aquela entrada. Antes de me aproximar, provavelmente empurrei aquela pequena porta com fechadura, não sem antes sussurrar: "A -r -i-u, você está aí?". Mas não houve resposta. Tentei iluminar com minha tocha aquela câmara escura ou sei lá o que era. E um frio estranho emanava daquele lugar. Imediatamente, virei-me para trás e a escuridão insondável às minhas costas no corredor me fez tremer como nunca nada antes havia feito. E olha que já estive em muitos lugares do mundo onde espíritos perigosos residiam e coisas perigosas podiam ser contempladas, mas isso era algo diferente que não tinha explicação alguma.

Sabia que lá embaixo não havia nada, absolutamente nada. Sabia que naquele lugar nem mesmo espíritos possivelmente habitavam. Ou pelo menos, se havia algo, nada perigoso para os meus conhecimentos. Mas estava errado. Havia uma energia emanando toda aquela área. Isso me fazia sentir inquieto e não confiar nos meus conhecimentos mágicos.

Quando finalmente reuni coragem e entrei naquela câmara, chamei meu discípulo algumas vezes sussurrando, no entanto, naquele momento, a única tocha que segurava com minha mão direita começou a dançar como se um vento a estivesse batendo, mas que eu não era capaz de perceber ou sentir. Naquele momento, percebi que aquilo não era uma brincadeira, porque sabia que meu discípulo nunca fazia brincadeiras. E menos em um lugar assim, quando estávamos explorando.

Aquilo me pareceu totalmente misterioso. Totalmente estranho. A tocha iluminava apenas cerca de 2 metros ao redor, como se a atmosfera daquela área fosse pesada e não permitisse que a luz passasse além. Era tão insólito. Era um silêncio ensurdecedor. Um silêncio que rangia a alma e o coração e os diminuía. Parecia que todo o meu conhecimento naquele momento se tornava nulo. Algo era inegável, uma energia oculta estava ali. Eu não imaginava o que era, mas não eram forças demoníacas, disso eu tinha certeza. Eram forças além da compreensão da minha mente, eu estava enlouquecendo naquele momento. Uma parte da minha mente dizia para sair dali, mas outra queria ficar. Naquele instante, eu já não pensava onde estava meu aprendiz.

Mas aquela antessala conduzia a diferentes corredores. Como se fosse um ramo, contei vários, bem, nem mesmo contei, mas eram entre 5 a 10, ou sei lá quantos, mas eram corredores muito mais estreitos e alguns mais largos que se perdiam na imensidão de não sei onde, e eu estava entre a disjunção de escolher um. Porque eu sabia muito bem que meu discípulo provavelmente escolheu um deles, mas qual? Mas por que ele não esperou? era minha pergunta. Não sei quanto tempo passou entre a disjunção, mas decidi ir pelo maior, o do meio.

Com passos vacilantes, comecei a avançar 1, 2, 3, 4... até perceber que já estava no fundo daquele corredor. Aquele corredor era mais estranho que todos os anteriores. Os lados, o teto e o chão daquele corredor eram totalmente diferentes da rocha. Tinha símbolos muito diferentes da escrita cuneiforme, escrita hieroglífica ou qualquer linguagem de símbolos da terra que eu conhecia. Nem mesmo tentei decifrar aqueles símbolos, minha mente me dizia para ler, mas por quê? era um medo, eu sei, de encontrar algo talvez. Mas não parei por um bom tempo. Na minha mente, aquelas inscrições ficavam gravadas na pedra ou seja lá o que fosse.

E então, lendo sem ler, algo terrível, algo arrepiante, me deteve. A entrada de uma porta enorme e decorada com uma figura tão aterrorizante que nem mesmo minha imaginação mais louca teria imaginado. Uma criatura indescritível, se é que se pode chamá-la assim. Aquela representação blasfema. Era totalmente uma massa informe de aparência cósmica, com olhos aparentemente por todos os lados, e protuberâncias viscosas em relevo. Na verdade, não sei como descrevê-la, não conseguiria, mas percebi que era uma criatura, uma criatura com tentáculos e aparência inteligente, claramente um deus de algum lugar. Mas esculpida ao redor daquela porta gigantesca de 4 a 5 metros de largura. E então, enquanto lia e caminhava, cheguei ao final, e sim, era uma parede. De onde eu estava, não percebia que tinha uma abertura e também não sabia como ou se passaria por aquela entrada, ou talvez fosse o final daquele corredor. Porque aquela porta, aparentemente, era feita de pura pedra ou granito.

Naquele momento, eu não tinha percebido, mas tudo indicava que eu tinha escolhido o corredor errado, ou talvez não, mas aparentemente era o final, ou não? Eu estava me aproximando... meu coração quase saía do meu peito. Meu coração batia poderosamente, minha respiração acelerava a cada passo que eu dava. Talvez meu medo não fosse de voltar, mas sim daquela figura que eu tinha visto, com tentáculos e olhos por toda parte, ou talvez pelos éons que aquele lugar tinha.

Porque se eu tivesse visto um homem com cabeça de algo, não teria medo. Nem mesmo quando fui aos vestígios da cidade de Uruk, cheia de demônios, eu me senti amedrontado. Talvez tenha sido a figura ou suas dimensões que causaram mais pavor. Aqueles passos que dei foram eternos.

Então, eu fiquei parado bem em frente à porta enorme, tão grande quanto a porta da Babilônia. O medo era indescritível. Olhei para trás pelo corredor onde estava há alguns minutos e vi a mesma escuridão encarnada. E, pela primeira vez, minha mente me trouxe de volta à realidade. O que eu estava fazendo ali? Como cheguei aqui? Porque, apesar de eu adorar tudo relacionado às artes misteriosas, sabia que aquilo era extremamente diferente e perigoso. Porque eu já tinha esquecido o caminho de volta, porque, naquele momento, enfiei minha mão na minha bolsa que carregava e descobri que não tinha outra tocha... que as outras foram levadas por Arkiu e a que segurava em minha mão tinha curta duração. Possivelmente, se eu continuasse avançando naquela escuridão tão impenetrável sem fogo, seria extremamente impossível sair de novo. Então, minha alma deu um grito.

Então, enquanto pensava nisso, um grito arrepiante ecoou vindo daqueles corredores que eu tinha percorrido minutos atrás. E então percebi que aqueles gritos e aquelas vozes insondáveis, uma daquelas vozes era do meu aluno e uma daquelas vozes, a mais macabra que já ouvi na vida, era de algo que atacava ou que causava danos ao corpo de Arkiu.

Meus cabelos se arrepiaram, literalmente fiquei petrificado, imóvel com a tocha na mão esquerda tremendo enquanto ela tilintava e se movia de um lado para o outro. E algo estava devorando o rapaz. Eu não sabia o que fazer. Naquele momento, eu queria me virar e correr pelo mesmo corredor onde convergiam os outros e ser devorado, por sei lá que criatura ou que entidade. Parecia que não haveria escapatória daquele lugar porque não havia mais bifurcações do outro lado no final daquele corredor escuro e insondável, e inúmeras inscrições ou sinais. Exceto se fossem para os lados, parecia que era uma história contada por alguém e algo tentando advertir algo ou simplesmente eram especulações simples.

Então, apoiado temerosamente naquela rocha, e sem querer e sem perceber antecipadamente, pressionei uma espécie de mecanismo, talvez um pedaço de rocha móvel embutido na rocha, e então... a porta começou a se abrir lentamente e ressoou por todo aquele lugar terrivelmente. Os níveis do meu medo eram abismais, um grau de terror que nas minhas mais loucas pesadelos nem mesmo quando estava naquelas terras distantes de Barklai enfrentando aquelas coisas abomináveis, nem mesmo senti isso.

Quando finalmente se abriu cerca de 90 graus, parou. Do outro lado, a escuridão era menor. Do outro lado, havia uma trilha de luz de algum lugar ou fonte que eu não conseguia ver. Era como se houvesse candelabros em algum lugar iluminando. Porque a luz chegava até mim, ainda que tenuemente. Então, reuni coragem. Pensei que era meu aluno e que ele havia chegado primeiro do que eu. Então, caminhei e caminhei, mas aquela sala era gigantesca. Não pude ver corredores, mas sim aberturas como portas ao longe em muitas direções. Aqueles antigos candelabros estavam acesos no final de cada entrada. Portanto, a iluminação era real. Eu sabia que não estava alucinando.

Percebi que aquele lugar estava habitado por alguém ou algo, mas quem? Parecia improvável que meu aluno tivesse feito aquilo, acendendo todos esses candelabros. Mas então o medo se abateu sobre mim novamente. Depois de lembrar o que tinha acontecido segundos antes, fiquei novamente congelado. Minha mente não estava funcionando bem naquele lugar. Parecia que eu esquecia pedaços de momentos... Aquilo estava me dando muito medo. Eu queria voltar, mas não sabia como. Foi aí que percebi e me resignei.

Sabia que não conseguiria. Sabia que não conseguiria sair facilmente daquele lugar porque os candelabros que estavam acesos e que eu pensava em usar caso minha tocha se apagasse, eram feitos de rocha fundida na própria estrutura. Era impossível quebrá-los. Então, lembrei-me de um feitiço, um par de palavras que meu mestre Ardilac me ensinou, que criavam uma espécie de luz com poeira de terra. Mas não encontrei terra lá, não havia nada, tudo estava perfeitamente limpo. Os pisos eram de pedra polida e os lados também, mas tinham uma aura inquietante, como se a estrutura estivesse ali por milhões de anos.

E novamente ouvi, em menor medida, alguns gritos. Eram gritos de algo, de alguém, mas de quem? Eram humanos. Embora eu não soubesse se alguém externo a Arkiu estivesse me pregando uma peça. Os sons da criatura desta vez não foram ouvidos, apenas uma mistura de gritos humanos. Então, começou uma voz em sumério sussurrando: "Abdul, quem és tu?" Isso foi tão estranho que pensei que estava alucinando. Como se fosse uma pareidolia mental. Continuei caminhando.

Quando finalmente percorri um trecho, havia um corredor muito particular que levava a um lugar alto, muito semelhante a um zigurate dos sumérios ou acádios. Sobre aquela sala gigantesca havia três entradas. Fui caminhando em direção à inclinação no alto, onde havia cinco candelabros ao redor e o fogo não dançava, como é comum em todas as tochas, como se estivesse pintado. Quando menos percebi, já estava no topo daquele lugar. Sobre o topo, havia um altar e aos pés do altar havia uma abertura de onde escorria sangue.

Sem dúvida, era sangue sobre a abertura, porque estava fresco, e algo chamou minha atenção e fez meu coração apertar de medo, mas o que poderia ser: gritar? Imediatamente olhei para baixo, e a luz era suficiente para ver sombras e corpos. Eu esperava ver alguém ou algo para pelo menos entender o que estava acontecendo, mas não, não havia ninguém, só uma atmosfera dura e crua. Eu me sentia vigiado. Não sabia o que fazer. Me sentia como uma criança sendo presa por algo muito escuro.

Aquele sangue não tinha cheiro, mas era sangue diante de mim. Ao lado do recipiente, estavam os candelabros de ouro e obras típicas com sinais arcaicos. Mas neste lugar havia apenas alguns sinais exclusivamente sobre a base de pedra daquela área. Havia dois corredores que levavam ao topo daquele onde subi, e lá estava aquilo. Em vez de uma representação de um deus, como era típico em Canaã, onde os cananeus adoravam seus deuses Baal, Dagan ou Moleque que passavam seus filhos pelo fogo, aqui não havia uma representação de um deus, havia algo totalmente diferente. Um livro, um livro bastante grosso com folhas rústicas sem poeira aparente. Pensei em pegá-lo no início, mas me contive. Não sabia que tipo de armadilha ou algo assim poderia ter.

Já havia esquecido desses detalhes, em que nenhum lugar os candelabros duram tanto. Quero dizer, se aquilo tivesse milhões de anos, por que não se apagavam e não emitiam a característica oscilação da chama? E não era a chama que eu conhecia. Sobre a base daquele lugar onde estava o sangue e em direção ao livro, havia dois degraus para se posicionar bem em frente ao livro. Dei dois passos, um e dois, até ver de perto aquela misteriosa obra. Quando vi, senti algo dentro da minha alma que morreu e que nunca mais fui o mesmo.

Quando olhei, não entendi nada. Mas, imediatamente, parecia que eu compreendia. Aquele livro estava escrito em uma língua suméria cuneiforme ou na língua proto-suméria, a mais antiga conhecida. Mas o que eu não entendia eram aqueles sinais que estavam escritos nas laterais daqueles corredores. Mas aquele livro estava escrito em proto-sumério, algo muito estranho. Era algo extremamente misterioso. Percebi que não tinha lógica nem explicação. Se esses templos ou palácios foram construídos, teriam existido milhões de anos antes da fundação da primeira cidade suméria. Será que os sumérios haviam encontrado esse templo-palácio? Havia pessoas ali agora? Meu coração dava voltas e mais voltas, eu não sabia o que fazer. Minha mente me dizia que esse livro continha coisas perigosas. Poderia ser perigoso sequer estar ali na frente dele porque provavelmente havia alguém cuidando do lugar. E eu estava...

Naquele momento, enquanto estava como hipnotizado, abri a primeira página, não sei como fiz isso, mas abri aquele livro infame. Quando olhei para os primeiros símbolos... símbolos que de alguma forma pude entender, embora não os conhecesse. Minha alma se perdeu, ficou ligada às forças mais obscuras do cosmos. Uma parte de mim queria sair dali, uma parte de mim queria tirar os olhos daquela maldita coisa, mas meu cérebro estava se consumindo. Tudo aquilo seria tatuado para sempre em minha mente. Tentei pensar em alguns encantos para desfazer aquela hipnose ou poder maligno que pairava sobre mim, mas foi impossível.

Virei a primeira página e comecei a segunda. Naquele momento, já tinha descoberto segredos insondáveis que nem o homem mais sensato da corte do rei Harnusal poderia suportar uma linha. Os caracteres resumidos eram centenas de coisas. Continha tanta informação em uma única página que teria explodido a mente do homem mais habilidoso da corte do rei Harnusal. Então, lembrando de um trecho do Livro dos Mortos egípcio do Faraó Batinop II, sabia que poderia funcionar. Sentia e sabia que, se continuasse, aquilo acabaria com minha vida enquanto lia cada uma daquelas malditas linhas que me enfraqueciam, e minha mente vagava por lugares insondáveis e inexploráveis cheios de entidades e seres mais do que iníquos.

O recinto estava com um silêncio além do ensurdecedor ao meu redor. Lembrei-me daquele recital egípcio que era capaz de aplacar as entidades mais malignas do panteão egípcio, assim se chamava. Não sei como consegui. Pensei que não iria funcionar completamente, mas, de alguma forma, funcionou incrivelmente por um segundo, apenas um segundo. Girei-me com a respiração entrecortada e, então, o vi ali atrás de mim, a alguns metros da base da escada de rocha no corredor à minha frente. Eu o conhecia. Lá estava o deus amarelo Nyarlathotep, o caos rastejante, vestido com uma vestimenta aparentemente suméria. Sobre sua cabeça, ele usava uma coroa, assim como braceletes em seus braços esqueléticos e algumas vestes. Seus olhos estavam totalmente vermelhos, mal se podia ver a pupila dilatada. Aquilo era excessivamente, excessivamente, excessivamente aterrorizante. O Livro do Necronomicão falava na primeira página sobre esse ser cósmico e insondável. Ao mesmo tempo, eu o temia. E então, ali estávamos, imóveis, nos encarando firmemente.

Após uma piscada, depois que meus olhos ficaram ressecados ao fitá-lo por muito tempo, a figura diabólica havia desaparecido. Esfreguei os olhos na tentativa de entender se aquilo tinha sido real ou apenas um produto do que estava vivendo. No final, optei pela segunda opção, que aquilo tinha sido uma pareidolia mental, resultado do que eu havia lido naquele livro. Lancei um olhar rápido ao meu redor e fechei imediatamente o livro, selando-o. Então, com um terror inegável dentro da minha alma e meu coração que estava morrendo em mim, saí pelo caminho por onde entrei com uma graça descomunal. Não sei como ainda pude, não sei como fiz, pois é algo que não sei e não entendo... mas saí sem tochas e nada pelos corredores escuros. É algo que nunca vou esquecer se conseguir sair deste vale. E é que era impossível sair de lá daquela maneira.

A escuridão era avassaladora. Não se podia dar um passo sem cair sem luz. Aquelas construções... talvez eu não me lembre completamente, mas meu discípulo Arkiu, não sei o que aconteceu com ele. E não sei se tudo isso foi uma invenção minha. Assim foi tudo isso. Mas agora vou sair daqui. É estranho... mas os uivos dos lobos cessaram, voltou o silêncio estremecedor de tempos atrás.

Não pretendo voltar a Persia novamente, pois me resigno a ficar aqui... decidi buscar o Necronomicão novamente... Sacrificar minha alma ao deus Nyarlathotep, o caos rastejante. Esse é meu destino, isso é o que as vozes do livro me disseram. Tenho que ficar aqui, é a única maneira de aplacar a fúria do deus amarelo. E não é um sacrifício pela humanidade. É um sacrifício porque me deleito. Porque as coisas que li entraram na minha alma. HAHAHAHA (risadas perversas) Nyarlathotep aluyiua felir amerkio aop senerwi guistef amishe dalem ameshi jaf ertemijosh...

Arrepiante

História de Suspense e Terror

Alexander Ashter

"No instante antes da minha morte, vi o rosto do meu assassino no espelho." **Edgar Allan Poe**

36

Prefácio

Adaptado para o cinema, 'Arrepiante' envolve uma das histórias mais aterrorizantes dos últimos anos. Duas narrativas assustadoras convergem, entrelaçando o medo em uma experiência que perseguirá você muito depois que as páginas se fecharem. Aproveite!

Capítulo 1

Abri os meus olhos e isto parece um sonho. A única coisa que recordo é aquela noite, quando jantei aquele bife... também quando li aquele livro, mas não tenho a certeza de qual livro. Sinto confusão na minha mente. Não tenho a certeza de onde estou. O facto é que parece que estou numa espécie de cabana ou algo parecido. Uma choça talvez com cerca de 5 metros de comprimento por dois ou três de largura, não tão grande, mas também não tão pequena. E pelo que notei, também não tem janelas. Todo o meu corpo dói, como se estivesse no início de um forte resfriado, mas não é isso. (gemidos)

Vou tentar levantar-me e vou abrir a porta no final desta construção. Claramente, não sei o que está a acontecer, porque isto não parece um sonho ou será que sim? Parece que estive a dormir durante anos, olho para os lados e não vejo absolutamente nada além das paredes e do teto corroído pelo tempo.

Felizmente, a porta está destrancada, e estou prestes a abri-la.

Oh não! O que estou a fazer numa floresta? Isto é uma floresta, meu Deus. O céu está nublado. Tenta pensar, Roger, o que te aconteceu? E por que estás aqui? No meio do nada e numa pequena cabana. Quando é suposto eu ter chegado aqui, e de que maneira? Não pode ser, não me lembro absolutamente de nada. Ouve-se um corvo ao longe, ouvem-se sons estranhos de animais no fundo deste lugar. Sinto alguma inquietação só de pensar em entrar mais na floresta, mas isto não é normal. Se não sair daqui, quem supostamente me vai resgatar? Será que fiquei bêbado e me perdi? Mas eu não bebo. Mas, esta floresta é extremamente estranha. Supostamente, estive em muitos tipos de florestas nas minhas viagens como turista, mas este lugar é tão... desperta em mim uma onda de sensações que me fazem sentir nervoso... Dou uma olhada rápida para trás dentro da construção como que resignado. Mas para quê? Não tenho nada aqui para ficar, nada que me prenda a este lugar, tenho que saber onde estou.

Esses cantos de corvos fazem com que a minha pele se arrepie, não é comum esse tipo de guinchos arrepiantes, ou é?

Santo céu! Oh não! Apenas pousou um pássaro negro do tamanho de um gato naquela ramificação de uma árvore! Ficou a olhar para mim com olhos diabolicamente vermelhos. Vai-te embora, pássaro! Grito com uma voz um pouco sussurrante devido ao nervosismo, mas com segurança suficiente para assustar o pássaro.

Vejo que não me está a dar atenção, simplesmente fica a olhar para mim com olhos furiosos, como se estivesse hipnotizado com a minha presença. Está a inquietar-me, e eu estou apenas na entrada desta porta de madeira corroída pelos séculos. Vejo que a casa é de cor acinzentada devido à antiguidade da madeira. Parece não estar pintada, mas adquiriu uma cor acinzentada esbranquiçada, suponho que seja devido aos cem ou dezenas de anos que esta coisa tem aqui, embora sendo madeira, ache estranho que tenha durado tanto, especialmente com a humidade que costuma haver nestes sítios. Quem se daria ao trabalho de pintar esta coisa?

Bem. Vamos deixar esse pássaro aqui, acho que ele está louco. Porque se eu der muita importância a ele, quem ficará louco serei eu. Quero pensar que é normal que pássaros desse tipo causem algum medo, especialmente se os virmos em um lugar ameaçador.

Desci alguns degraus de uma escada rudimentar que levava à entrada desta cabana. E, sem medo de me enganar, parece ser que, de alguma forma, era um aposento de alguém, mas já está invadido por folhagens de todos os tipos de galhos. No entanto, percebo que não há nenhum caminho a seguir, então vou pegar qualquer trilha que pareça um possível candidato a me levar para fora desta floresta.

Oh não! O que é isso? Santa Maria e José, mas isso é... Acabei de me esconder atrás de uma mancha de árvores. Não tinha andado nem mesmo uns 30 metros quando acabei de ver algo que me deixou com o coração acelerado. Literalmente, tenho arrepios por todo o corpo. Há uma velhinha curvada segurando um bastão e com um capuz medieval caminhando lentamente em direção à cabana. Não pode ser, estou sonhando? Isso deve ser um maldito sonho.

"Vamos, Roger, acorda do sonho, por favor. Vamos! Isso é um maldito pesadelo, tenho certeza, claro que é um pesadelo, é um sonho, vou sair disso. Mas por favor, por que, por que não estou acordando? Estou ficando com medo...

Agora que me lembro, essa velha se parece com a velha que comia as crianças no livro que estava lendo naquela tarde. Já lembrei, o romance "da floresta escura", de Fabi Lovty. Não, não, não...

Algo muito sinistro está acontecendo aqui. Ela parou. Não. Não tinha visto isso sobre a minha cabeça. Socorro, não consigo gritar, minha voz não está respondendo. Mas sobre a minha cabeça, há uma, uma mancha de corvos que não emitem som. Alguns lobos começaram a sair da floresta para se juntar a essa bruxa demoníaca. Minha respiração está acelerando. Calma, Roger, acalma-te, isso é um sonho, nada vai te acontecer. Logo acordará.

A velha acabou de tirar o capuz, oh, o que é isso? É uma abominação horrível. Sua pele está ensanguentada, seus olhos estão saltados das órbitas. E parece que está me vendo. Não. Ela começa a rir e começa a caminhar na minha direção... isso é um sonhoooooooo.

FIM

A casa da tia Hermey

"A que horas você vai chegar, querido?", ouvia-se a senhora Hermey através do velho celular do senhor Roberto, que dirigia uma caminhonete Chevrolet 1954 de cabine dupla. Na parte de trás estavam Emily, sua filha de 14 anos, e seu irmão de 18 anos chamado Farb. A esposa do senhor, Ammy, havia feito uma ligação de última hora para informar que ligassem o rádio, pois possivelmente se aproximava uma forte tempestade de inverno. Embora não fosse incomum naquelas áreas do condado de Orby Hill, ela fez isso para que se preparassem e não tivessem contratempos, já que a noite se aproximava. E ainda havia um bom trecho pela frente, dada a maneira como o senhor Robert dirigia.

"Claro, querida, obrigado por avisar, esperamos voltar para o jantar, agora eu ligo o rádio", respondeu o marido ao telefone enquanto desligava rapidamente para depois comentar: "Você sabe como a mãe dela é exagerada".

Dá para perceber que estão ansiosos para chegar à casa da tia Hermey, disse o pai em tom de brincadeira, enquanto os dois jovens faziam caras de pouca emoção. O fato é que aquela visita naquela hora, por volta das 4 da tarde, não era muito comum. E essa viagem estava sendo feita porque o senhor Robert, irmão da senhora Hermey, que morava a cerca de 50 km da cidade de Kirch, estava com alguns problemas no sistema de aquecimento, e como o inverno se aproximava, seu irmão Robert, especialista em encanamento e gás, estava indo ajudar.

"Eu não queria vir, papai", manifestou a jovem.

"Eu sei que você não gosta de cumprimentar sua tia, querida, mas você já está aqui. Não podia deixar você na casa da sua amiguinha onde a peguei".

"Eu sei, papai, mas você sabe, a tia Hermey começa a falar de coisas estranhas e isso me entedia. Sempre faz perguntas bobas, se já tenho namorado e essas coisas."

"Siga o fluxo", respondeu seu irmão, que, nessa idade, costumava ajudar o pai nos trabalhos de encanamento e eletricidade ao redor da pequena cidade.

"Isso será rápido, não vamos demorar muito", disse o pai, ambos concordaram no banco de trás.

"Pai, sabes se vamos de férias com a avó? Já não falta muito", disse a Emily.

"Não sei, depende do quanto de trabalho tivermos, além disso, temos muitas despesas ainda devemos muito dinheiro desde que sua mãe ficou doente."

"Está bem, pai", disse Emily um pouco constrangida.

"O importante é que estamos bem, e sua avó também está bem."

Minutos depois, enquanto a jovem e seu pai conversavam, o rapaz tinha o olhar fixo em algo que o impedia de dizer uma palavra sequer. Então, um solavanco o trouxe de volta à realidade, e ele tocou o ombro da irmã com o dedo, indicando com os olhos que olhasse para trás do caminho por onde vieram.

No momento em que ela fixou o olhar naquilo, o rosto da jovem mudou de cor, tornou-se pálido, e seus lábios começaram a tremer. O rapaz tentava falar, mas não conseguia, e então, após uma tentativa sofrida, conseguiu balbuciar. "P-pai, aceeeler-a, há algo nos seguindo."

Diante desse balbúcio, o senhor Robert virou bruscamente a cabeça para dar uma olhada rápida em seu filho e, para sua surpresa, ele estava pálido. Imediatamente, ele olhou para o retrovisor, e uma mancha de coisas negras podia ser vista na esteira de poeira deixada pela caminhonete.

"Não consegui distinguir por causa da poeira. O que diabos é aquilo?"

"Pai, são lobos... mais de duas alcateias de lobos, são muito grandes... nunca vi lobos assim, exceto em filmes. São o dobro do tamanho normal", revelou o filho.

"Santo céu!", balbuciou Robert depois de ver claramente a mancha distorcida pelo retrovisor esquerdo. "Mas o que diabos está acontecendo?", sussurrou enquanto pisava no acelerador naquela estrada de terra maltratada.

"Mas por que eles estão nos seguindo?" perguntou sua filha, aterrorizada com o que estava testemunhando.

"Agora mesmo vamos nos livrar desses filhos da mãe", vociferou o senhor Robert ligeiramente irritado. Os jovens se olharam como se perguntassem: "Os lobos normalmente correm atrás de caminhonetes?"

A região onde morava a tia Hermey ficava a cerca de 50 quilômetros da cidade de seu irmão Robert, imersa no condado Artum, onde havia uma floresta de grandes extensões. E que era habitada por menos de 100 casas distantes entre si.

- A irmã de Robert ficou viúva há cerca de 15 anos, aos 40 anos, e isso a afetou muito. Ela raramente saía daquela região, a menos que fosse extremamente urgente. E quando o fazia, usava um velho Volkswagen 1948 de seu falecido marido, o senhor Dani Ofwel, um ex-militar da Segunda

Guerra Mundial que era muito mais velho que ela quando se casaram.

- Normalmente, o senhor Robert não a visitava por meses, então aquela visita de última hora era para que ele consertasse o sistema de aquecimento, pois invernos rigorosos se aproximavam, e sua irmã costumava passar meses sem sair de seu local. Naquela área, era difícil, para não dizer impossível, sobreviver a um inverno sem aquecimento. Os frios eram intensos.

- "Já os perdemos, pai. Já não se veem os lobos", gritou Emily com certa alegria. "Isso me assustou muito", acrescentou.

- "Que estranho", murmurou o pai, lançando olhares rápidos pelos dois retrovisores. "Já vim nos últimos 15 anos umas, o que seriam? 30 vezes para visitar sua tia, geralmente, sabe como é, ela não gosta de visitas com seu temperamento, e nunca vi um lobo. Que anormal. Talvez eles tenham pensado que a caminhonete era um grande touro ou um animal. Devem estar famintos."

-

- -

- Mas se assim for, por que estão tão grandes, pai? - comentou seu filho mais velho.
- • Bem, isso é verdade, são intimidantes e a maioria deles é negra. Embora provavelmente seja a distância em que os vimos, talvez tenha sido apenas uma aparência.
- Pode ser, papai. - respondeu seu filho, incrédulo com essa possibilidade.

- -Vou ligar para sua mãe, - disse o senhor Robert. Em seguida, tentou fazer a ligação, mas o sinal começou a falhar.
- Maldição! Só faltava essa.
- Pai, olhe, está começando a nevar. - exclamou Emily.
- Maldição. Murmurou para si mesmo. Não podemos voltar, temos que chegar à sua tia, consertar o problema e voltar imediatamente. Pelo menos levará algumas horas até piorar, tempo suficiente para sair deste lugar. Assegurou.
- Bem, esperamos que assim seja, pai.
- Claro, filha, nunca errei prevendo esses climas da região. E isso que moramos aqui há cerca de 20 anos.
- Dentro do senhor Robert havia uma certa inquietação, pois em toda a sua história vivendo naquelas áreas, nunca havia visto lobos perseguindo pessoas. O único ataque documentado tinha sido há 40 anos.
- Tempo depois
- "Quanto tempo faz desde a última vez que você veio, querido?" manifestou Robert dirigindo-se à sua filha. "Não sei, pai, acho que faz uns 4 anos."

Ah, olha, pai! Já estamos quase lá - apontou seu filho para fora, ao mesmo tempo que dava rápidas olhadas ao redor. Ao longe, podia-se observar uma bifurcação de duas estradas, uma em direção à casa de sua tia e outra mais adentro. Robert pegou o caminho onde havia uma placa que dizia quilômetro 50.

- Em cerca de 5 minutos chegamos. Expressou animado, para depois acrescentar: "Não gosto de vir por essa estrada de terra, há muitos buracos."

Após um curto trajeto, finalmente avistaram a enorme casa de madeira antiga de sua irmã. Casa que ela havia herdado de seu falecido esposo.

- O que diabos aconteceu aqui? - Manifestou seu irmão surpreso à distância.
- - Devem ter sido os ventos de inverno, mas as cercas estão caídas. Coitada da minha irmã, eu disse a ela que poderia ficar bem conosco, por que sofrer isso sozinha aqui?

- Após uma breve inspeção visual, o senhor Robert virou um pouco a cabeça para olhar para trás, como se estivesse se certificando de que não havia nenhum lobo ao redor. Obviamente, ele não queria surpresas. Tentou ligar novamente para sua esposa, mas sem sucesso.

- Bem, chegamos, desçamos imediatamente e entremos. Ordenava seu pai enquanto saía, e seus filhos o seguiam em direção à casa. Estavam indo rapidamente, de alguma forma o medo os apressava, não queriam de forma alguma encontrar uma matilha de lobos famintos. Nos 12 metros que separavam a entrada de onde deixaram o carro até a casa.

- Ao chegar à porta, tocaram, mas tia Hermey não abriu. Após 3 tentativas, o senhor Robert abriu e, para sua surpresa, ela não tinha trancas. Todos entraram e fecharam atrás de si.

- Dentro, um silêncio espectral podia ser percebido.
- Olá, irmã, já chegamos. Ouvi sua mensagem de voz e vim

resolver o problema. Alô, há alguém em casa? Após algumas saudações e não receber resposta, Robert dirigiu-se aos andares de cima, não sem antes dizer a seus filhos para esperarem ali na recepção da sala.

- O senhor Robert subiu e com um "olá, irmã", foi verificando quarto por quarto sem resultados. A casa era enorme, tinha pelo menos 10 quartos no andar de cima e mais 5 abaixo, divididos entre a cozinha e outros quartos. Quando tinha revistado os 10 quartos sem sucesso, dirigiu-se ao quarto mais ao fundo, onde sua irmã dormia.

Olá, você está dormindo, irmã? Alô. Bateu três vezes e então ousou entrar. Após uma inspeção leve, virou-se sobre si mesmo e pensou: "Hmm, ela deve ter saído, mas espera, o carro dela está aqui." Diante de um pressentimento ruim, então foi até uma grande janela que dava vista para a floresta. E então ele viu...

Com a boca totalmente aberta e sentindo um calafrio, o senhor Robert saiu apressado do quarto enquanto gritava: "meninos, meninos".

Diante desse murmúrio incessante, os meninos subiram um pouco as escadas em direção ao pai. Olharam para ele pálidos e perguntaram em coro:

- O que está acontecendo, pai? Ele deu um olhar rápido para ambos e virou para cima.

- Temos que sair daqui?

- O que está acontecendo, pai? Perguntou seu filho. Engoliu em seco e respondeu sussurrando. - Minha irmã está atrás da casa, a uns 50 metros antes de entrar na floresta, totalmente despedaçada. E vocês sabem quem foram os culpados. Os irmãos se olharam. O pai subiu rapidamente novamente e dirigiu-se ao quarto de sua irmã mais uma vez.

-Espera aqui fora, filha. Ordenou seu pai.

-Venha, Farb, dê uma olhada. Disse ao seu filho mais velho.

E então o terror se abateu completamente sobre eles diante da cena macabra que estavam presenciando. Centenas de lobos ao redor da casa, ou até onde conseguiam ver pela janela. Podiam ver alguns devorando os restos de sua irmã. E não era uma mentira, eles eram enormes. Muito maiores do que os que tinham visto em suas vidas.

O senhor Robert não tinha explicação para aquele evento inusitado.

-São os mesmos lobos. Sussurrou Farb. -Não conseguiremos sair. Seu pai o olhou e deu uma olhada rápida no chão.

-Veja, estão nos vendo. São enormes. -Murmurou seu filho.

Então o terror começou.

Os enormes lobos começaram a tentar entrar na casa. O pânico se tornou indescritível. Entre no quarto, filha! Gritou seu pai imediatamente, enquanto corria em direção à porta.

-Ajude-me a colocar este guarda-roupa e esta cômoda, filho. Ordenou enquanto trancavam a porta com força e colocavam todo tipo de objetos.

-Estou com medo, pai. Sussurrava sua filha sentada na cama de sua tia. Pegue este bastão, disse o senhor Robert para Farb, e ele pegou uma faca de uma gaveta de sua irmã.

Os ruídos brutais lá embaixo eram audíveis. Podiam ouvir seus corpos furiosos batendo na porta. E após alguns minutos, o som da porta caindo cessou. Foi quando o senhor Robert percebeu que aquilo era o fim...

Pesadelo no Planeta Desconhecido:

Romance de suspense e terror

50

"A existência da realidade é algo surpreendentemente estranho. Mesmo aqueles que a estudam, e talvez até mais, frequentemente descobrem que seu conhecimento afunda cada vez mais em um buraco de incompreensão e mistério." **Thomas Ligotti**

Prefácio

Nos cantos mais escuros do espaço, um pesadelo é desencadeado. Herny Fernel narra uma odisseia aterrorizante em um planeta desconhecido, onde seres sinistros espreitam na escuridão e a sobrevivência se torna um jogo mortal. Uma história de suspense e terror que te prenderá desde o primeiro instante

Capítulo 1

Encontrava-me sozinho. Eu sou o único sobrevivente da nave interestelar Rafael1, que se chocou em um planeta desconhecido. Não faço a menor ideia de onde estou, mas sei que estou em um lugar inexplorado pelos exploradores da empresa. O que nos atacou, talvez seja algo desconhecido, ou não sei como chamá-lo.

Estávamos a caminho do planeta Rochoso U18. Dirigíamo-nos ao planeta mineiro simplesmente para uma missão de reconhecimento. Este pequeno planeta estava a cerca de trinta dias da Terra e tinha uma equipe de trabalhadores de cerca de 50 pessoas, com maquinaria pesada escavando algumas áreas, extraindo metais e minerais importantes que eram posteriormente refinados em alguns pontos da Terra para a criação de diferentes produtos de alta tecnologia.

Éramos 25 membros da equipe 1 da empresa que íamos rotineiramente dar segurança ao redor do planeta rochoso, cerca de 70 vezes menor que a Terra, mas totalmente desconhecido em termos de regiões, embora teoricamente sem perigos iminentes, pois era um planeta com apenas uma cadeia de seres vivos formada por enxames de insetos e coisas do tipo, obviamente de aparência estranha. E com muito pouca água no estado líquido.

Ao meu esquadrão cabia vir pelo menos duas vezes por ano, seja no início ou no final, e costumávamos durar, no máximo, uma semana ou duas, sendo depois realocados para outras áreas como satélites. Vale ressaltar que, em 2065, a Terra tornara-se tecnologicamente avançada o suficiente para viajar e colonizar cerca de 15 exoplanetas e luas com oxigênio em maior ou menor medida, mas não totalmente habitáveis ao redor do sistema solar, porém com recursos energéticos suficientes.

As rotas comuns traçadas das naves não ultrapassavam o sistema solar de Plutão nessas áreas, portanto, eram rotas traçadas e muito conhecidas. Meus colegas e eu estávamos viajando para mais uma missão, nada fora do comum. Na verdade, estávamos prestes a chegar, talvez em algumas horas, à parte mais distante das rotas da empresa, ou seja, a cerca de 800 mil quilômetros, o que em termos espaciais é nada. E então, diante de tamanha normalidade, algo nos atingiu por trás.

Naquele momento, eu não sabia o que estava acontecendo, supus que fosse um pedaço de meteorito ou algo assim. Porque não era comum que qualquer nave fora do controle das empresas governamentais na Terra pudesse ser observada, nem mesmo o ser humano havia entrado em contato com seres inteligentes de outros mundos para se preocupar com seres assim.

O impacto foi terrível. O casco de proteção foi danificado na parte de trás e começamos a desviar. Tomamos rumo desconhecido pelo espaço profundo. Os sistemas de comunicação começaram a falhar e tudo se apagou. A nave interestelar Rafael1, com capacidade para 100 tripulantes e uma extensão de cerca de 35 metros de comprimento por 8 de largura e dois andares, estava caindo a uma velocidade vertiginosa e sem direção inteligente pelo espaço profundo, sem controle.

Navegamos por cerca de 48 horas terrestres resignados a morir impactados por asteroides ou sei lá o quê. Por sorte, inicialmente resistimos o embate de algumas nuvens de poeira e esteroides devido ao casco resistente frontal da nave, mas de repente a nave começou a cair em queda livre em direção a um planeta totalmente sinistro e sombrio, mas com luz suficiente de um sol que estava morrendo.

Após minutos intermitentes e com a resignação de que iríamos morrer naquele mundo ao nos chocarmos, rezei minha última prece, em minha mente estava minha família, na Terra minha filha que acabara de nascer e sua mãe que em breve ficaria sozinha. Nos dirigíamos para um impacto iminente naquele planeta desconhecido. Ao lado dos meus 25 companheiros de forças de segurança da empresa, cada um com seus sonhos e histórias por vir, a maioria jovens que não ultrapassavam os 35 anos.

E então, para minha surpresa, a nave suportou o impacto daquela colossal energia. Mas tudo se deveu ao fato de que este planeta tinha uma atmosfera estranha, extremamente anômala. A rocha era um pouco menos resistente, poder-se-ia dizer em relação à rocha de qualquer parte do universo conhecido.

Conseguimos sair vivos na maioria, não sem antes termos ficado magoados pelo impacto. Dos 27 elementos de segurança, ex-soldados do exército dos Estados Unidos, apenas 18 sobreviveram até aquele momento. Fizemos tudo o que estava ao nosso alcance para nos comunicarmos com a base que estava no planeta Rochoso U18. Infelizmente, os sistemas de comunicação estavam totalmente mortos e danificados. E era impossível se comunicar. Todo o sistema da nave central estava completamente desligado. Os motores colapsaram e estavam totalmente avariados.

De acordo com as palavras de preocupação do nosso engenheiro e especialista em tecnologia da empresa, aquilo era impossível de consertar sem os componentes necessários que só existiam na Terra. No fundo, havia um desespero coletivo. Mas de alguma forma, havia uma oportunidade de sair dali, pensando que a empresa lançaria algumas naves em busca de nós, como já havia acontecido uma vez com um grupo de engenheiros, que acabou danificado em um pequeno asteroide de vários quilômetros. Pelo menos havíamos escapado do impacto colossal que, se fosse em outro planeta com as condições normais, já não estaríamos vivos e teríamos virado poeira. Embora o planeta fosse completamente estranho, parecia uma cadeia montanhosa brutalmente ampla e sem fim. Todo o planeta dava a impressão de estar mergulhado em uma noite eterna das 6 ou 7. Podia-se ver, mas não tão bem como eu gostaria, pelo menos de perto podíamos ver os rostos, mas mais além não.

Após uma hora nos recuperando do estado de choque que aquela situação significava, o comandante Harvey ordenou que pegássemos nossos equipamentos. Imediatamente, cada um pegou sua mochila e todo o seu equipamento com armas. Colocamos os capacetes com lanternas. Peguei meu rifle calibre 44 f4, semelhante ao R15, mas mais moderno. Cada um pegou as máscaras pressurizadas de oxigênio lento capazes de permitir a saída caso aquele mundo não tivesse oxigênio, como indicava o leitor automático de pilha da nave que não precisava de energia para funcionar. Indicava que a gravidade daquele planeta era em torno ou muito parecida com a da Terra, extremamente estranho. Diante desse dado perturbador, o comandante Harvey ordenou que saíssemos da nave e inspecionássemos como era aquele mundo. Pelo menos naquela nave havia comida suficiente para pelo menos meio mês, mas não poderíamos confiar demais, então imediatamente procuramos uma solução.

O comandante ordenou que seis ficassem dentro da nave acidentada por qualquer eventualidade e esperassem nosso retorno. Estávamos encalhados no fundo de uma cordilheira, à mercê de todos os perigos caso houvesse algum. Aquela área parecia que há milhares de anos havia sido parte de um rio, mas talvez fosse devido à mesma erosão da água líquida que costumava ocorrer de tempos em tempos, embora naquele momento indicasse que estava seco.

A sensação foi arrepiante quando começamos a sair da nave e dar os primeiros passos naquele mundo... O ambiente era tão estranho. O ar era seco e sentíamos na pele. Por ordens do comandante, ninguém tirou a máscara pressurizada. Pelo menos o oxigênio poderia durar cerca de 6 ou 7 horas sem problemas antes de voltarmos à nave e recarregá-lo, caso o oxigênio dali fosse perigoso e estivesse misturado com outros gases. O comandante Harvey liderou o caminho por aquele vale. As rochas eram estranhas ao toque e ao peso. Davam a impressão de serem como esponjas endurecidas. E foi justamente por essa anomalia que nossa nave não se despedaçou completamente.

O comandante indicou que todos adotassem posição de combate defensivo com os rifles erguidos, mantendo uma distância entre um e outro, como se estivéssemos marchando em direção ao inimigo. E assim começamos a andar, andar e andar. Claramente, aquele planeta era muito semelhante à Terra em termos de gravidade, o que inevitavelmente causou cansaço. Mas algo estranho começou a acontecer de repente. Após cerca de duas ou três horas em um ambiente quente de cerca de 28 graus, começamos a sentir um frio intenso, algo que nos pegou de surpresa, para depois, como se não bastasse, um vento muito forte começou a se combinar com o frio, apenas para o frio desaparecer minutos depois.

De repente, o vento aumentou mais, mais e mais, e o medo começou a se instalar entre todos nós. Não sabíamos se aquilo era natural do próprio planeta ou se algo estava causando aquela anomalia. O comandante Harvey imediatamente ordenou que avançássemos em direção a algumas pequenas cavernas ou o que pareciam ser no topo de algumas montanhas distantes. Assim fizemos. Imediatamente, começamos a nos mover da melhor maneira possível para escalar algumas áreas e então, quando estávamos na metade, algo começou a piorar ainda mais. O ambiente, que já era como uma noite por volta das 7 da noite, se somou à forte ventania e, de repente, uma fumaça escura como uma densa névoa começou a tingir toda a atmosfera do local. Diante daquela cena desoladora, nos esforçamos dobrado para correr cada vez mais para chegar ao topo.

Então algo começou a sair da escuridão da névoa e começou a levar alguns de nossos companheiros que estavam na parte de trás, porque os gritos que eu ouvia eram aterrorizantes. Não havia opção de parar. Mas de relance, pude perceber. As sombras os alcançavam e imediatamente os gritos mais horripilantes e sinistros que já ouvi podiam ser ouvidos por alguns segundos. Resignados a parecer ali os que íamos na frente fizemos o último esforço para fugir dessa névoa que se aproximava vertiginosamente de nós.

Esses últimos segundos antes foram eternos, mas conseguimos chegar à entrada da pequena caverna. Infelizmente, alguns que ficaram para trás foram alcançados e devorados por sei lá o quê. Uma vez dentro da caverna, respiramos ofegantemente, embora não soubéssemos se realmente estávamos a salvo naquele lugar. Conforme os minutos passavam, toda a área externa daquele vale parecia ter sido coberta por aquela névoa escura e sinistra, porque ao longe tudo era pior do que a noite mais escura.

Apenas chegamos 8 dos 13 que saíram da nave. Aquela caverna era pequena, uma caverna natural erodida pelo tempo, com uma profundidade de cerca de 3 metros de altura por dois de largura, e a entrada, sim, um metro estreita. No fundo daquela gruta, todos nós apontávamos nossos rifles para a entrada. Todos apontávamos com nossos rifles para a entrada, prontos para atirar em qualquer coisa que entrasse.

E então a névoa começou a ficar mais densa e logo a escuridão era insondável, mesmo nossas lanternas não passavam de meio metro, como se aquela escuridão fosse a própria gravidade devorando a luz. Desligamos nossas lanternas por alguns momentos porque começaram a ouvir gritos lá embaixo, e para evitar sermos vistos fizemos isso.

O medo era indescritível, mas não podia demonstrá-lo, todos temos medo, a diferença é como lidamos com esse medo. E diante dessa situação, não ia começar a gritar e falhar. Entre os oito, a respiração era incessante, nossas mãos suadas tremiam, e o dedo no gatilho ficava entorpecido. Sem dúvida, aquele planeta era habitado por algo, mas esse algo era muito poderoso e arrepiante. Não há qualificativos ou palavras para descrever o que saía da névoa. Não era nada conhecido com o qual tivéssemos enfrentado antes.

E então algumas criaturas com cabeças esqueléticas e braços ossudos, com muito pouca carne, em resumo, abominações como tumores de carne viva e morta, apareceram pela abertura. Nossas luzes acenderam ao som dos tiros. Todos os oito carregadores se esvaziaram depois de atingir aquelas coisas. Foi aí que percebemos que as abominações eram mortais, sem dúvida, porque o fogo as fez cair no penhasco. Diante dessa reação, imediatamente recarregamos as armas caso mais viessem. Naquele momento, a adrenalina estava a mil, e o medo se dissipou por um momento de vitória depois de termos atirado e feito estragos naquelas coisas.

Mas não sabíamos se mais viriam em desabalada carreira. Claramente, havia mais e mais lá fora. Cada um de nós trazia apenas cinco carregadores e uma faca. Enquanto isso, os rádios de comunicação estavam mortos. Em nossas mochilas, tínhamos apenas rações de comida para um dia. Jamais imaginávamos que isso aconteceria. Que um perigo tão iminente espreitava.

O comandante Harvey cuidadosamente avançou em direção à entrada com seu rifle erguido. Ele queria se certificar de que aquelas coisas não estavam vindo. Porque quase imediatamente depois disso, a névoa parecia ter se dissipado do lado de fora e a luminosidade do planeta era diferente, mais clara. Após uma rápida olhada no horizonte, percebeu que não havia nada, e foi quando sussurrou:

"Não sei se aquilo foi real, não sei se foi produto de nossa imaginação coletiva, mas temos que sair imediatamente daqui. Não conhecemos os ciclos do planeta, se tudo isso é normal ou não."

Diante disso, entramos em ação. Estávamos a cerca de 4 quilômetros da nave no máximo. O problema é que, se chegássemos à nave, o que faríamos? Não tínhamos nenhum plano B naquele maldito lugar. Todos sabíamos disso muito bem em nossos corações. Sabíamos que aquilo era muito estranho para ser um fenômeno natural puro e simples.

O comandante estava certo, não havia nenhum plano alternativo para sair daquele lugar no caso de aquela coisa, aquele fenômeno estranho que levou alguns de nossos companheiros, acontecer novamente. Claramente, era habitado por algo abominável que provocava tudo isso, ou era um estranho fenômeno incompreensível para nossas mentes terrestres. Um fenômeno que levava as coisas vivas e as perseguia, indicando uma mente inteligente.

Desde que chegamos, ou seja, desde o impacto, éramos 27, agora seríamos apenas 14 se, por acaso, nossos companheiros ainda estivessem vivos na nave. Quatro foram levados por aquela coisa da névoa quando chegamos. O comandante Harvey começou a descer e nós o seguimos. Não questionamos, estávamos todos aterrorizados com a possibilidade de aquelas coisas aparecerem novamente, mas ficar naquela caverna não era uma opção.

E então, quando estávamos a 3 quilômetros de volta pelo mesmo caminho sinuoso, em direção à nave caída lá embaixo, desta vez não houve névoa escura lentamente, desta vez tudo começou a escurecer rapidamente, e não houve tempo para ter medo. E então criaturas começaram a sair da escuridão da névoa. Houve um caos. Todos atiravam para todos os lados em seres com uma aparência monstruosa. Nada conhecido até então. Nossas lanternas mal podiam ver um metro à frente apenas quando atirávamos naquelas coisas que se aproximavam. E aos poucos nossos companheiros começaram a desaparecer um por um. Depois de correr quase sem ver para frente, Harvey e eu chegamos à Rafael1, mas diante do horror que encontramos. A porta principal estava totalmente aberta. E lá dentro, à distância, podíamos ver todos os nossos companheiros completamente dilacerados, como se algo tivesse se banquetado com eles recentemente. Os crânios totalmente fora da cavidade craniana e os olhos saltados. Claramente, haviam saído e caído na armadilha daquilo, desobedecendo a ordem de Harvey de permanecerem sempre dentro.

Imediatamente fechamos a porta sem sequer nos preocuparmos em verificar o interior, mas não havia tempo. Aquelas coisas vinham atrás de nós. Logo após fechar a porta, essas coisas se chocaram contra todo o casco, tentando furiosamente derrubar a entrada. Harvey e eu estávamos imóveis, contemplando aquela cena aterrorizante, retirada do mais selvagem e abstrato filme de horror cósmico. A luz apenas dos nossos capacetes apontava fugazmente para as abominações diabólicas que se chocavam como se fossem zumbis, mas mil vezes mais abomináveis. Batiam e destroçavam seus dentes afiados na janela. Apenas esperávamos que ela não se rasgasse, embora estivesse projetada para resistir até mesmo a impactos de pequenos asteroides no espaço profundo.

Pouco a pouco, fomos dando passos para trás, e diante do horror que nosso cérebro sentia inconscientemente, fechamos a cortina da janela de entrada. Nem mesmo nos preocupamos se havia alguma abominação dentro.

Tempo depois.

Depois de tudo isso que narro, já se passaram mais de 40 dias. Ontem, comi a última lata de comida e bebi a última água que a nave tinha. Estou com muita sede. Não contei a vocês, mas mantenho Harvey amarrado no porão de suprimentos. É minha única saída para viver pelo menos mais alguns dias, caso a companhia, que tenho certeza de que lançou pelo menos uma operação de busca para nos encontrar, venha nos resgatar. Mas esses malditos sistemas de comunicação não acenderam completamente, apenas um rádio independente se acende por alguns minutos de vez em quando. É quando envio pedidos de socorro, mas até agora não recebi resposta alguma.

Sinto muito por Harvey. Disse a ele que não era pessoal, mas se não fosse ele, teria sido eu, tenho certeza. E em vez de chorarem na minha casa, prefiro que seja na dele. Sei que é cruel, mas não tenho alternativa aqui. Minha preocupação agora é a água. Pelo menos tenho fogo. O problema é que Harvey tem pelo menos 7 litros de sangue que vou beber como água. Embora não dure muito. Pelo menos dois dias. E a carne é o grande problema. Sem água, eu não conseguiria sobreviver por mais de três dias, então, a partir de agora, tenho cinco dias, rezando para todos os deuses da Terra que tenham piedade de mim e enviem a maldita nave para me resgatar. Quero ver minha filha crescer, quero estar com minha esposa nos próximos anos e criar minha filha. Não é possível que, aos 30 anos, minha vida termine assim, sendo um desgraçado, traindo meu comandante Harvey, como carinhosamente o chamava. E tudo por sobreviver. Em outras circunstâncias, eu não teria feito isso, mas só porque minha filha nasceu e acabei de me casar, farei isso. Indubitavelmente, o ser humano faz o impossível pelo novo estado com os entes mais amados, espero que não me julguem. Sei que a maioria faria isso.

Cinco dias depois

Não pode ser. Nem mesmo me preocupo mais com as abominações que a cada cinco ou sete horas começam a bater furiosamente na janela frontal da nave. E ao que parece, de tantos ataques, a janela está cedendo aos poucos e um dia desses explodirá em pedaços. Percebi que este planeta tem seres diabólicos, mas talvez seja sua natureza normal. Talvez seja uma temporada ruim e eles estejam famintos neste lugar caótico e desolado. Hoje é meu quinto dia e estou morrendo de sede. Esta manhã, acabei de terminar o último líquido vital: meio copo de sangue de Harvey. Infelizmente, o estrangulei e, para evitar que o sangue se derramasse, o pendurei de cabeça para baixo e deixei escorrer até a última gota em um recipiente. Também devo dizer que... acabei de assar um pedaço de carne em fogo baixo de sua humanidade. Ouvi dizer que tem gosto um pouco de frango, mas esse desgraçado, não sei a que se deve, saiu dura e terrivelmente ruim, talvez tenha sido o tempero. Mas pelo menos tomei o café da manhã com o último que terei. Este meio copo de sangue não foi nada para meu organismo que exige mais água e água. Acho que estou desidratado. E isso é perigoso. Meu coração está batendo muito rápido, já faz 7 horas desde que não urino. Vejo que a maldita companhia parece não ter vindo nos resgatar ou talvez não tenha encontrado este lugar. Maldição!

6 horas depois.

Tive uma pequena convulsão, mas passageira. Estou extremamente, extremamente cansado. A morte por falta de água é terrível e muito caótica. Acredito que a única maneira de encerrar tudo isso rapidamente é sair lá fora e ser devorado. Não quero sofrer todos os rigores da desidratação severa, porque talvez ainda durasse pelo menos um dia ou dois imerso neste mesmo inferno. Por isso, em uma hora, vou abrir a porta e aceitar o que Deus tiver para mim.

Eu te amo, minha filha Ashley. Caso alguém me encontre, mesmo que seja depois de 100 ou 200 anos, quero que saibam que amei minha família como nunca poderia imaginar. Nasci em Nova Jersey. Para não prolongar isso, direi que era um traficante de drogas, fazia as piores coisas que se pode imaginar, o pior. E acho que o karma me alcançou no final. Muitas pessoas inocentes pagaram por minha culpa. Mas, há quatro anos, quando conheci Romi, minha esposa, mudei de estado mental e abandonei essa vida miserável. Um ano depois, nos casamos e, pouco depois, minha filha nasceu.

Há quase quatro anos, entrei no exército. Felizmente, não tinha antecedentes criminais e fui admitido. Mas, no fundo, sabia que era um canalha. Tinha um passado sombrio. No final, fui aceito e servi por três anos. Depois de deixar o exército, me juntei à empresa de mineração e abstração de energia chamada Darvfe. Minha esposa me mudou. De ser um desgraçado, agora tinha e planejava um futuro com minha família. Por isso fiz tudo isso, foi parte das circunstâncias.

Porque, em outras circunstâncias, nunca teria feito isso. Quero que fique registrado que, de forma alguma, teria feito isso, mas percebi que, aparentemente, não valeu a pena. Porque, no fundo do meu coração, sinto remorso, pois, se eu morrer em poucos minutos ou horas, temo enormemente que minha alma vá para o inferno. Não sei, estou com medo. Pensei que estava fazendo isso por uma causa justa, mas me arrependo neste momento.

Agora, estou de pé e caminho em direção à porta de saída. Abri a escotilha para ver do lado de fora e, aparentemente, não há essas coisas agora, mas não me importo: vou andar, andar até lá fora e esperar. Porque sei que voltarão. Calculando o tempo, falta pouco para que retornem. Mas devo dizer que levo um presente comigo na mochila. Ah sim! Cerca de 2 kg de explosivos líquidos que a empresa usa para dinamitar algumas áreas rochosas em zonas muito duras. E este líquido de 2 kg de Morquina está ativado e tem o poder de destruir cerca de meio quilômetro ao redor. É a única coisa que preciso fazer. Meu coração se sente um pouco feliz porque farei um pouco de justiça, seja lá quem forem esses bastardos, isso é por você, Harvey. Se essas coisas não existissem, eu não teria te sacrificado, amigo, me perdoa.

Neste momento, vou retirar o dispositivo de gravação do mesmo equipamento de segurança que tenho usado para gravar toda essa narrativa. Não quero que, quando tudo explodir, se perca. Por isso, vou deixá-lo dentro da nave e espero que, quando o encontrarem um dia, possam dizer que amo você, minha filha. Amo você, Ashley, amo você, Romi. Todos nós temos a oportunidade de mudar. Quando essa oportunidade realmente chegou, meu coração estava cego de maldade, e veio uma razão para mudar, e mudei profundamente. Não haverá mais palavras, o fim parece bom, porque sinto uma calma profunda. Basta dizer Adeus. Acho que está se aproximando... é hora de jogar fora este dispositivo e fechar tudo. A névoa está se aproximando, e isso indica: eles estão vindo.